PÉTIT MANUEL

A L'USAGE

DES HOMMES MONARCHIQUES ET IMMOBILES;

OU

M. DE CHATEAUBRIAND

PEINT PAR LUI-MÊME;

PAR M. F. DE C.

————

Prix : 75 c.

————

PARIS,

Chez DELAUNAY et les principaux libraires
DU PALAIS-ROYAL.

FÉVRIER 1819.

PETIT MANUEL

A L'USAGE

DES HOMMES *MONARCHIQUES* ET *IMMOBILES.*

> « C'est une chose admirable que l'immobilité des hommes monarchiques ; le monde a beau changer autour d'eux, ils restent les mêmes... On ne les trompe ni ne les épouvante ; souvent victimes, jamais dupes, depuis trente ans de proscriptions ils sont ce qu'ils ont été. »
>
> (*Conservateur,* 14e. *Livraison.*)

LA COUR DE FRANCE ET LES GRANDS SEIGNEURS, EN 1789.

Par un homme *MONARCHIQUE-IMMOBILE.*

« *Tandis que le peuple perdait rapidement ses mœurs et son ignorance, la cour, sourde au bruit d'une vaste monarchie qui commençait à rouler en bas de l'abyme où nous venons de la voir disparaître, *se plongeait plus que jamais dans les vices et le despotisme.* Au lieu d'élargir ses plans, d'élever ses pensées, d'épurer sa morale, en progression relative à l'accroissement des lumières, elle rétrécissait *ses*

---

* On se dispensera de continuer les guillemets à chaque ligne, le premier guillemet annonçant au lecteur que c'est une citation.

petits préjugés, ne savait ni se soumettre à la force des choses, ni s'y opposer avec vigueur. Cette misérable politique qui fait qu'un gouvernement se resserre quand l'esprit public s'étend, est remarquable dans toutes les révolutions. C'est vouloir inscrire un grand cercle dans une petite circonférence ; *le résultat en est certain*. La tolérance s'accroît, et les *prêtres* font juger à mort un jeune homme qui, dans une orgie, avait *insulté* un crucifix ; le peuple se montre incliné à la résistance, et tantôt on lui cède mal-à-propos, tantôt on le contraint imprudemment ; l'esprit de liberté commence à paraître, et on multiplie *les lettres de cachet.* Je *sais* que ces lettres ont fait plus de bruit que de mal ; mais, après tout, une pareille institution détruit radicalement les préjugés. Ce qui n'est pas loi est *hors de l'essence du gouvernement, est criminel.* Qui voudrait se tenir sous un glaive suspendu par un cheveu sur sa tête, sous prétexte qu'il ne tombera pas ? A voir ainsi le monarque endormi dans la volupté, des courtisans corrompus, des ministres méchans ou imbécilles, le peuple perdant ses mœurs, des nobles ignorans ou atteints des vices du jour ; des ecclésiastiques, à Paris, la *honte* de leur ordre, dans les provinces pleines de *préjugés*, on eût dit d'une foule de manœuvres s'empressant à l'envi à démolir un grand édifice. (page 116.)

» La révolution ne vient point de tel ou tel homme, de tel ou tel livre ; *elle vient des choses, elle était inévitable.* C'est ce que mille gens ne veulent pas comprendre.

» Chaque poste annonçait au *citoyen*, tantôt l'inceste d'un père, tantôt l'exécrable mort d'un cardinal; des débauches que la plume d'un Suétone rougirait d'écrire; et, en payant les taxes, le *citoyen* soldait à-la-fois et les vils courtisans *et les troupes qui le forçaient à obéir*. Le mépris, puis la rage, étaient les sentimens qui devaient s'emparer du cœur du citoyen : que le peuple apprenne alors le secret de sa force, et l'État n'est plus !

» Mais nous, qu'étions-nous au moral dans l'année 1789 ? Pouvions-nous espérer échapper à une destruction épouvantable ? Je ne parlerai point du gouvernement; je remarque seulement que par-tout où un petit nombre d'hommes (c'est-à-dire les courtisans ou grands seigneurs) réunit pendant de longues années le pouvoir et les richesses, quelle que soit d'ailleurs la *naissance* de ces gouvernans, plébéienne ou patricienne, le manteau dont ils se couvrent, monarchique ou républicain, ils doivent nécessairement se corrompre dans la même progression qu'ils s'éloignent du premier terme de leur institution. Chaque homme a alors ses vices, plus les vices de ceux qui l'ont précédé. La cour de France avait treize cents ans d'antiquité !!!

» La vue de la misère cause différentes *sensations* chez les hommes. Les *grands* ne la voient qu'avec un dégoût extrême ; il ne faut attendre d'eux qu'une pitié insolente, que des dons, des politesses mille fois pires que des insultes.

» Nous chérissons moins la liberté que nous ne haïssons les *grands*. Comme les rois *semblent* d'une

1 *

autre espèce que *le reste de la foule*, au jour de l'af-fliction ils ne trouvent pas une seule larme de pitié. Voilà donc, dit chacun en soi-même, cet homme qui commandait aux hommes, et qui, *d'un coup-d'œil aurait pu me ravir la liberté et la vie* ! Toujours bas, nous rampons *sous* les princes dans leur gloire, et nous leur crachons au visage lorsqu'ils sont tombés.

» *Soyons hommes*, c'est-à-dire libres ; apprenons à mépriser *les préjugés de la naissance* et des richesses ; à nous élever *au-dessus* des grands et *des rois ;* donnons de l'énergie à notre âme, et de l'élévation à notre pensée..... Mais pour *faire* tout cela, il faut commencer par cesser de se passionner pour les institutions humaines, *de quelque genre qu'elles soient.* Les hommes *sortent* du néant et *y retournent :* la mort est un grand lac creusé au milieu de la nature ; les vies humaines, comme autant de fleuves, vont s'y engloutir, et c'est de ce même lac que s'élèvent ensuite d'autres générations qui viennent également se perdre à leur source, etc.

» Dans cette situation, faut-il donc s'étonner que le Français fût prêt à embrasser le premier fantôme qui lui présentait un univers nouveau ? On s'écriera qu'il est absurde de représenter le Peuple français comme *isolé*, *malheureux*, qu'il était nombreux et florissant, etc. etc ; il n'est pas question de ce que la *nation semblait être*, mais de ce qu'elle était *réelle-ment.* Ceux qui ne voient dans un État que des voitures, des grandes villes, des troupes, de l'éclat, une Cour, des grands seigneurs et du bruit, ont raison de penser que la France *était heureuse;* mais ceux qui croient que la grande question du bonheur est plus près de la nature , pensent bien autrement, etc. etc. » (pages 175 et 176.)

Qui a donc fait un pareil tableau de la cour de France, de Versailles , des grands seigneurs et de la *nation?* Est-ce Mirabeau, ou Barnave? Est-ce un patricien ou un plébéien ? Est-ce un Français ou un étranger? Sans doute, c'est un libéral de l'assemblée constituante, ou tout au moins un libéral des cent jours. Un tel homme ne sera jamais pour les *caté-gories*, les lois d'*exception, les proscriptions en masse*, il ne demandera jamais *sept hommes* par département pris dans les nobles, les prêtres, les gendarmes et les prévôts, pour toute forme d'administration, en disant, *et je réponds du reste.* Un homme dont les opinions politiques ont été si positives, doit être un homme bien *immobile......* Attendez, mes amis, et vous le saurez.

L'ÉGLISE ROMAINE, LE CLERGÉ ET LES PRÊTRES DE FRANCE, EN 1787.

Par un homme MONARCHIQUE-IMMOBILE.

« *Tout considéré*, les prêtres sont nécessaires aux mœurs, et excellens dans une république; ils ne sauraient y causer de mal et peuvent y faire beaucoup de bien. »

Mais si l'esprit du sacerdoce peut être salutaire dans une république, il devient terrible dans un état despotique, parce que, servant d'arrière-garde au tyran, il rend l'esclavage *légitime* et *saint* aux yeux des peuples.

» Les *prêtres* avaient trop d'intérêt à dérober la vérité au peuple (outre la grande influence qu'ils avaient dans le gouvernement, leurs terres étaient exemptes d'impôts) pour ne pas opposer toutes les ressources de leur art à une révolution qui eût démasqué leur artifice. L'homme n'a qu'un *mal réel*, la crainte de la mort; délivrez-le de cette crainte, et *vous le rendez libre.* Aussi toutes les religions d'esclaves sont-elles calculées à augmenter cette frayeur; et c'est ainsi que les prêtres appuyaient le trône de toute la force de leur magie, afin de gouverner, et le prince dont ils commandaient le respect au peuple, et le peuple qu'ils faisaient obéir au prince. (page 162.)

» *Les prêtres de l'Egypte et de la Perse ressemblaient parfaitement aux nôtres : leur esprit se composait également de fanatisme et d'intolérance.* Les mages étudiaient particulièrement les sciences ; *notre* clergé, au contraire, *faisait vœu* d'y renoncer; les deux chemins conduisent an même but, l'on *domine* également du fond du tonneau de Diogène et du haut de l'observatoire babylonien.

» L'esprit dominant du sacerdoce doit être l'*égoïsme*; le prêtre n'a que lui seul dans le monde; *repoussé* de la société, il se concentre, et voyant que tous les hommes s'occupent de leurs intérêts, il cherche le sien. Sans femme et sans enfans, il peut *rarement* être *bon citoyen*, parce qu'il *prend peu d'intérêt à l'état.* (page 163.)

» Autre trait du caractère général des prêtres : LE FANATISME. En cela ils ressemblent au reste du monde, chacun fait valoir le *chaland* dont il vit ; (ainsi DIEU serait le *chaland* du prêtre. O impiété ! ô abomination ! ô paroles diaboliques !) ; nous sommes *assis* dans la société comme des marchands dans leurs boutiques : l'un VEND des *lois*, un autre des *abus*, un troisième du *mensonge*, un quatrième de l'*esclavage* (ou de la féodalité.)»

(Que vendez-vous M. l'immobile?)

« Le plus honnête homme est celui qui ne falsifie pas *sa drogue* et qui la débite toute pure sans en *déguiser* l'amertume avec de la liberté, du patriotisme, de la religion.

» Enfin la HAINE doit dominer chez les prêtres, parce qu'ils forment un corps. Il n'est pas de la nature du cœur humain de *s'associer pour faire du bien* ; c'est le grand danger des clubs et des *confréries ;* les hommes mettent en commun leurs haines, et presque jamais leur amour.

» Au milieu des orages, les prêtres, croissant de plus en plus en puissance, étaient parvenus à s'organiser dans un système presque inébranlable. Des sectes de solitaires, vivant à l'abri des cloîtres, formaient les colonnes de l'édifice. Le clergé régulier, classé, de même en ordre, distinct et séparé, exécutait les décrets du pontife romain, qui sous le nom modeste de PAPE, s'était placé par degrés à la tête du gouvernement ecclésiastique. L'*ignorance redoublant alors ses voiles*, servait à donner à la superstition une assurance plus formidable, et l'église, *environnée de ténèbres qui agrandissent les formes, marchait comme un géant au despotisme.* Rome religieuse se trouvait alors mêlée dans toutes les affaires civiles, et disposait des couronnes comme des *hochets de sa puissance.*

» En France les évêques conservaient peut-être *encore trop* de l'ancien esprit de leur ordre, mais ils étaient généralement instruits et charitables; mais aussi, malgré leur connaissance du *génie national*, ils ne furent pas assez *au niveau de leur siècle;* en cela pourtant, moins ignorants que LA COUR *dont l'ineptie était révoltante sur cet article.*

» *Nos abbés* en manteau court *exhibaient* à Paris *le vice, le ridicule* et *la sottise*, tandis que les gardiens du culte en Grèce, graves, posés, vertueux, se tenaient dans la mesure de leur profession. L'on concevrait à peine comment des hommes pouvaient ainsi se donner en spectacle chez nous, si l'on ne connaissait la *bêtise* et la *friponnerie* du monde. Lorsque je vois des différens personnages de la société, je me figure des escrocs qui se rendent exprès sur les places publiques, bigarrément vêtus, tandis que la foule hébêtée se rassemble à considérer le bout du ruban *rouge, bleu, noir,* etc., dont le *pasquin* est bariolé; celui-ci leur vide adroitement les poches; et c'est toujours *le plus chargé de décorations qui fait fortune.*

» J'entends par *prêtres* des ministres dévoués au

service de l'autel, qui ont souvent des vertus, quelquefois des vices, qui *vivent des préjugés du peuple*, comme mille autres *états* qui ne sont ni *moins ni plus fripons* que le reste de leur siècle, ni *meilleurs* ni pires que les autres hommes. (pages 165, 166 et 170.)

» Quant aux différences entre les prêtres anciens et les prêtres modernes, les voici : les ministres des Dieux, dispersés dans l'état, ne s'appuyaient pas les uns sur les autres, et par conséquent ne pouvaient, comme individus, devenir dangereux à la liberté; la *constitutiou hiérarchique* de l'église romaine, chez les peuples modernes, *infusait dans tout le clergé un esprit de corps trop formidable*. Les prêtres des Grecs avaient un pouvoir considérable sur la masse du peuple; mais il n'en exerçaient aucun sur les particuliers; les *nôtres*, au contraire, nous environnaient, nous *assiégeaient*, ils nous prenaient au sein de nos mères, et ne nous quittaient plus qu'après nous avoir déposés dans la tombe : il y a des hommes *qui font le métier de vampires* qui vous sucent l'*argent*, le *sang*, et JUSQUES A LA PENSÉE ! (page 168.)

« La *caste religieuse* d'Athènes n'était guères moins *persécutante* que les *ministres* du christianisme; les sophistes s'en trouvaient aussi mal en Grèce que les encyclopédistes en France ; mais comme *la loi*, dans le premier pays, protégeait le *citoyen* lorsque la charge d'*impiété* n'était pas prouvée, le magistrat renvoyait l'accusé : *pour claquemurer parmi nous un philosophe à la bastille, il ne fallait pas tant de cérémonie.* » (page 169.)

Qui a donc fait un pareil tableau de l'église romaine, du clergé et des prêtres de France ? Est-ce Luther, Mélanchthon, ou la Réveillère-Lépaux ! Est-ce un protestant de l'assemblée constituante ou un protestant *libéral* des cent jours ? Un tel publiciste n'écrira certainement jamais pour propager les *confréries* et les *missions,* un tel homme ne se prononcera jamais en faveur du concordat de 1815 , du concordat de 1817, pas même en faveur du concordat de 1801. Ce doit être un homme bien *immobile* que celui dont les opinions religieuses ont été si positives........ Attendez, mes amis, et vous le saurez.

SUR LES JACOBINS, LES CONSTITUTIONS ET LES PRINCIPES POLITIQUES, EN 1793.

Par un homme MONARCHIQUE-IMMOBILE.

« Et moi aussi je voudrais passer mes jours dans une *démocratie* telle que je l'ai souvent rêvée, comme le plus *sublime* des gouvernemens ; et moi aussi, j'ai vécu *citoyen* de l'Italie et de la Grèce ; peut-être, mes opinions *actuelles* ne sont-elles que le triomphe de ma raison sur mon *penchant.* Parce que les Jacobins ont commis des crimes, cela ne m'empêche pas de croire qu'*une république est le meilleur de tous les gouvernemens,* lorsque le peuple a des mœurs.

» Les jacobins ont *donné* à la France des armées nombreuses, braves et disciplinées. Ce sont eux qui ont trouvé les moyens de les payer, d'approvisionner un grand pays sans ressource et *entouré d'ennemis* ; ce furent eux qui *créèrent* une marine comme par miracle, et conservèrent par *intrigue* et *argent* la neutralité de quelques puissances ; c'est *sous leur règne* que les grandes découvertes en histoire naturelle se sont faites et les grands généraux se sont formés. (229)

» Où sont les petits esprits qui calculent pertinemment ce qu'on aurait dû faire, par ce qu'on a fait jadis ; qui ne voient dans la lutte actuelle que des batailles perdues ou gagnées, et non le *génie* de la France dans les convulsions d'une crise *amenée par la force des choses*, déchirant, comme l'Hercule d'OEta, ceux qui osent l'approcher, lançant leurs membres *ensanglantés* sur les plaines cadavéreuses de l'Italie et de la Flandre ? On pourrait soupçonner qu'il existe des époques inconnues, mais *régulières*, auxquelles la face du monde se renouvelle.

» *Nous autres*, Romains de cet âge de vertu, *tous tant que nous sommes*, nous tenons *en réserve* nos costumes politiques pour le moment de la pièce ; et moyennant un demi-écu qu'on donne à la porte, chacun peut se procurer le plaisir de *nous* faire jouer, avec la toge ou la livrée, tour à tour un *Cassius* ou un valet.

» Dans les temps de révolutions, les opinions sont les seules *marchandises* dont on trouve la défaite. (page 113.)

» Par un principe *généralement adopté* des publicistes, les *nations* ont le *droit* de se choisir un gouvernement, et par un autre principe aussi fameux que *tout pouvoir vient du peuple*, elles peuvent reprendre leurs droits et changer leur constitution.

« Je me suis souvent étonné qu'un homme qui avait tant de connaissance des hommes (Champfort) eût pu épouser si chaudement *une cause quelconque*; ignorait-il que tous les gouvernemens se ressemblent? que *royaliste* et *républicain* ne sont que deux mots pour la même chose?

» J'ai *réfléchi long temps* sur ce sujet; je ne hais pas une constitution plus qu'une autre, considérée abstraitement; prise en ce qui me regarde comme individu, *elles me sont toutes parfaitement indifférentes*..

» On s'écrie : les citoyens sont esclaves, mais esclaves de la loi; PURE DUPERIE DE MOTS. Que m'importe que ce soit la loi, ou le Roi, qui me traîne à la guillotine. On a beau se torturer, faire des phrases et du bel esprit, le plus grand malheur des hommes, C'EST D'AVOIR DES LOIS ET UN GOUVERNEMENT. (p. 180)

» Quoi! il faudra que je tolère la perversité de la *société*, parce qu'on prétend ici se gouverner en république plutôt qu'en monarchie, là *en monarchie plutôt qu'en république*? Il faudra que j'approuve *l'orgueil et la stupidité des grands et des riches*, la bassesse et l'envie du pauvre et des petits? Les corps politiques, *quels qu'ils soient*, ne sont que des amas de passions *putréfiées* et décomposées ensemble. (page 180.)

» La cause ordinaire des guerres est si *méprisable*, que le récit d'une bataille où vingt mille bêtes féroces se déchirent *pour les passions d'un homme*, dégoûte et fatigue ; mais des *citoyens* s'ébranlant, au moment de la charge, contre une HORDE DE CONQUÉRANS : d'un côté DES FERS, ou un ANÉANTISSEMENT POLITIQUE par UN DÉMEMBREMENT, de l'autre LA LIBERTÉ et LA PATRIE : si jamais quelque chose de grand a mérité d'attirer l'attention des hommes, c'est sans doute un pareil spectacle ; on le trouve à Fleurus (bataille gagnée en 1794 par le général Jourdan.)

» L'hymne des *Marseillais* n'est pas vide de tout mérite ; le lyrique a eu le *grand talent* d'y mettre de l'enthousiasme sans paraître ampoulé ; enfin, elle mena tant de fois les Français à la victoire, qu'on ne saurait mieux la placer qu'auprès des chants du poète qui fit triompher Lacédémone. (pag. 219.)

» Athènes entretenait une garde scythe, de même que les rois de France se sont long-temps entourés de paysans de la Suisse. Ce fut le sort des anciens habitans du Danube et de ceux de l'Helvétie, de se distinguer par les mêmes vices au jour de la corruption, l'amour du vin et la soif de l'or. Ces deux peuples combattirent *à la solde des monarques*, pour des querelles autres que celles de la patrie ; ils s'enrichirent *des malheurs d'autrui*, et fondèrent *une banque* sur les calamités humaines ; bientôt il ne resta plus rien de leur antique vertu brisée sur l'écueil des révolutions. (pag. 364.)

» *Les émigrés forcés à s'exiler par la persécution,*

prirent les armes, sur des terres étrangères, en faveur de l'ancienne constitution de leur patrie ; la persécution commença en même temps dans toutes les parties de la France ; il semble que l'on fît tout ce qu'on pût *pour les forcer* à s'expatrier ; en vain les malheureux gentilshommes criaient, *nous sommes patriotes* ; on insultait à leurs cris, on redoublait de rage ; le désespoir les prit, et ils émigrèrent. » (page 148.)

Qui a donc fait ce tableau sur la politique, le patriotisme, la liberté ; sans doute, un républicain de la convention nationale, ou tout au moins un libéral des cent jours. C'est un bon Français, un excellent patriote qui *n'approuvera jamais les notes secrètes*, qui aura la domination *des étrangers* en horreur, dont l'âme se déchirera à la vue du *démembrement* et des calamités de la France, qui tressaillera de joie en voyant célébrer la gloire et le triomphe des armées françaises, qui regardera *des troupes suisses* à la solde de la France comme un outrage fait à l'amour et à la fidélité des Français pour leur Roi ? Voilà un homme qui s'énonce avec une franchise et une loyauté exclusivement françaises. . . . . . ce doit être un homme bien *immobile*. . . . Attendez, mes amis, et vous le saurez.

PROFESSION DE FOI.

Par un homme MONARCHIQUE-IMMOBILE.

« Les hommes sont si vains, si faibles, que souvent l'envie de faire du bruit les fait avancer des choses dont ils ne possèdent pas la conviction ; et , à dire vrai, je ne sais si un homme est jamais parfaitement sûr de ce qu'il pense *réellement.* » (page 375.)

« Le mal, le grand mal , c'est que nous ne sommes pas de *notre siècle.* Chaque âge est un fleuve qui nous entraîne selon *le penchant de nos destinées,* quand nous nous y abandonnons ; mais il me semble que nous sommes *tous* hors de son cours ; les uns, les républicains, l'ont traversé avec impétuosité et se sont élancés sur le bord opposé ; les autres, les royalistes sont demeurés de ce côté-ci sans vouloir s'embarquer. Les deux partis crient ou s'insultent , selon qu'ils sont sur l'une ou l'autre rive : ainsi, les premiers nous transportent loin de nous dans des perfections imaginaires, en nous faisant *devancer* notre âge ; les seconds , les *royalistes ,* nous retiennent *en arrière ,* refusant de s'éclairer, et *veulent rester les hommes du quatorzième siècle dans l'année* 1796. (page 8.)

» L'impartialité de ce langage doit me *réconcilier* ceux qui, *de la prévention contre l'auteur ,* auraient pu passer au dégoût de l'ouvrage ; je dirai plus, si celui qui, né avec une passion ardente pour les sciences , y a consacré les veilles de sa jeunesse ; si celui qui, dans la pratique journalière de l'adversité, a appris de bonne heure à mépriser les *préjugés* de la vie ; si un tel homme, dis-je, mérite quelque confiance, vous le trouvez en moi! (page 9.)

» N'ayant aucune *cabale* pour moi, aucune *coterie* qui me *porte,* aucun moyen d'*argent* ou d'*intrigue ,* pour faire *circuler* ou *prôner* mon livre , je dois m'attendre à rencontrer tous les obstacles des *préjugés* et des *opinions*. Je ne mendie d'éloges, ni ne cours après des lecteurs.

» C'est *moi*, c'est *bien moi* que j'ai voulu peindre. J'ai mis un *long intervalle* de temps entre la composition de ces *essais* et leur *publication*. Il m'a paru que le désordre apparent qui y règne, en montrant *tout l'intérieur* d'un homme, CHOSE QU'ON VOIT SI RAREMENT, n'était peut-être pas sans une espèce de charme. La position où je me trouve est, d'ailleurs, favorable à *la vérité*. Sans désirs et sans crainte, je ne nourris plus les chimères du bonheur. O vous tous, *qui me lisez*, dépouillez un moment *vos passions*, en parcourant cet écrit sur les plus grandes questions qui puissent, dans ce moment de crise, occuper les hommes, méditez attentivement le sujet avec moi!!!» (pag. 10 et 11.)

Oh! le brave homme que voilà! C'est un sceptique, un philosophe de la première classe; c'est un sage dégagé de tous les préjugés de la *naissance et de la vie*; oh, pour celui-là, ce n'est pas un *ultra-royaliste*! Que cet homme a dû être *immobile depuis trente ans*! Comment s'appelle-t-il? Que fait-il? Que dit-il?

C'est... c'est... c'est M. le vicomte de Chateaubriand, créateur du *Conservateur*, allant à la postérité sur le dos d'un libraire, ancien secrétaire de la légation à Rome, auprès de S. Em. le cardinal Fesch, ancien chargé d'affaires de la république française près la république du Valais!

Mais cet écrivain *immobile* n'a jamais loué l'usurpateur.

« On ne peut s'empêcher de reconnaître dans vos destinées , cette *providence* qui vous avait marqué de loin pour l'accomplissement de ses desseins prodigieux. La France agrandie par vos victoires , *place en vous ses espérances.* . . . Continuez à tendre une main secourable à trente millions de chrétiens *qui prient pour vous* au pied des autels que vous leur avez rendus. »

A Buonaparte , *dédicace de la* 2ᵉ. *édition du génie du Christianisme.*

M. le vicomte de Châteaubriand *admirait* tellement Bonaparte , qu'il le supplia , dit-on , de lui accorder la faveur d'écrire ses campagnes d'Italie , et qu'il reçut , dit-on , trente mille francs de gratification à compte sur la gloire qu'il devait distribuer, *avec sa plume* , à l'homme de la Providence : il a été l'historiographe *in petto* de Napoléon , et c'est une ressemblance honorable que M. de Châteaubriand a eue avec Racine , dont il se rapproche tant par la grâce et la poésie du style, quoique les tragédies de Racine soient en vers , et quoique les ouvrages *dramatiques* de M. de Châteaubriand soient en prose : on sait que les payeurs du trésor royal de Louis XIV ne virent jamais des deux historiographes du grand prince , que leur signature de pension : M. de Châteaubriand n'a pas écrit non plus un seul mot sur les campagnes d'Italie , et c'est le plus grand malheur qui pût arriver à nos généraux et à nos braves soldats.

Depuis le 18 brumaire an 8 , jusqu'en 1808 , époque de la guerre d'Espagne , *l'immobilité* de M.

de Châteaubriand fut entière. Nommé commissaire
pour la liquidation des affaires de cette couronne,
par rapport au traité de *Bâle*, il toucha dix mille
francs par an, avec la plus grande *immobilité* : mais
aucun travail ne fut fait, si ce n'est pour quittance
de traitement. En effet, comment servir le régime
républicain, consulaire ou impérial, quand on
était *monarchique* et *immobile* ? Dans ce cas, on se
bornera à prendre l'argent, parce que c'est autant
de pris sur l'ennemi.

Les gens instruits datent de 1811 la dernière *immobilité* de M. de Châteaubriand. M. de Fontanes était
grand-maître de l'Université, M. Denon inspecteur-
général des Musées, il était tout simple qu'il y eût
un *surintendant-général* des bibliothèques de l'*empire* ;
M. de Châteaubriand proposa la création de cette
grande place, et se crut en mesure de la demander
à l'*usurpateur* ; il le fit avec autant d'instances que
de modestie, ce qui prouvait assurément une grande
immobilité, puisque l'assassinat du duc d'Enghien
et l'abominable guerre d'Espagne n'avaient encore
rien changé aux offres de service et d'admiration de
l'illustre écrivain ; mais l'usurpateur ne jugea pas à
propos de conférer au premier génie de la France une
place ou une dignité qui lui aurait donné une influence *morale* et littéraire excessive ; *indè iræ*. . . .
L'homme *monarchique* et *immobile* attendit donc
l'année 1814, et l'année 1814 arriva.

Buonaparte et *les Bourbons*, *la monarchie selon la
charte*, et *le Conservateur* sont bien certainement les
œuvres d'un homme *monarchique* ; mais c'est sur-

tout depuis 1815 que M. de Châteaubriand s'est
montré *immobile*, et dans une ambition bien légitime : il veut être ministre, rien de plus juste, il
dénigre en conséquence les ministres et le gouvernement du Roi, rien de plus naturel ; il aime ten-
drement la charte *selon la monarchie de l'ancien régime*, rien de plus constitutionnel. Il est, en vérité,
dommage que le ministère de 1816 soit encore plus
cons itutionnel que M. de Châteaubriand, et que
les ministres de notre bon Roi (1) aient l'obstination
de vouloir défendre les prérogatives d'un trône ap-
puyé sur les libertés de trente millions de Français,
moins trente à quarante mille petites vanités féo-
dales ; mais il ne faut désespérer de rien, quand
une nation jouit d'une feuille sémi-périodique telle
que le *Conservateur*.

Les esprits bien faits sont enchantés de ce débor-
dement de génie ; le *Conservateur* est le *cimetière de la
pensée*, du raisonnement et du bon sens (expression
de M. de Châteaubriand), chacun peut s'y faire
enterrer à son aise ; il faut d'ailleurs convenir que
si les sots sont ici-bas pour nos menus-plaisirs,
comme on le dit depuis cent ans, jamais nous n'a-
vons eu un plus grand fonds de gaîté : aussi, loin de
signaler à l'admiration publique et de livrer à la
reconnaissance de nos concitoyens cette foule d'au-

____

(1) Voyez les discours prononcés à la tribune par M. le
comte De Cazes en 1818, et le magnifique discours de
M. le garde des sceaux, dans la séance du 15 de ce mois.

teurs nouveaux , *monarchiques* et *immobiles* qui se sont échappés *depuis le départ des alliés* des serres chaudes de la politique féodale ; nous garderons également le silence sur leurs personnes et sur leurs écrits ; car il serait injuste de leur donner moins d'éloges , et il serait difficile de leur en infliger autant qu'ils le méritent : leurs productions suffisent pleinement à leur gloire, aussi bien qu'à nos plaisirs.

Nous nous bornerons à observer que , placé à la tête des pamphletaires de France , M. de Châteaubriand est, incontestablement, l'homme *monarchique* et *immobile* le plus élastique que nous ayons : c'est le Scudéri de l'ancien régime, le Don-Quichotte de l'aristocratie , le Cagliostro de la littérature , le Gentil-Bernard ou, si on l'aime mieux, le Marivaux du christianisme ; c'est la coqueluche des femmes *titrées* ou des femmes à vapeurs ; elles vont *baiser* l'écritoire de *père Aubry* , à la Chambre des pairs ; et, lorsqu'elles *jouissent* du bonheur de le posséder à dîner, un secrétaire, caché dans un coin , est chargé de tenir registre de tout ce qui échappe à l'homme *divin* ; c'est un Erostrate qui met le feu (du génie par tout.... avec de l'encre; enfin, c'est le *Protée* de *l'immobilité* !

Jaloux de faire connaître à nos lecteurs un publiciste aussi distingué, aussi éclatant, aussi courageux, aussi *immobile depuis trente ans ;* nous avons mis sous leurs yeux quelques passages d'un ouvrage peu connu jusqu'ici, grâces aux lois d'exception de 1815, au cas *extraordinaires ,* et au *libéralisme* des hommes *monarchiques-immobiles* ; ce volume est intitulé : *Esprit, maximes et principes de M. François-Auguste de Châteaubriand*, de l'imprimerie de Renaudière, 1815. L'ouvrage est aussi piquant que curieux, et récréatif, même pour les gens qui n'aiment pas à rire ; il présente l'analyse fidèle de l'un des chefs-d'œuvre de M. de Châteaubriand (1) ; nous le recommandons à tous les bons Français, aux véritables amis de la Charte et du Roi, et à tous les partisans de la monarchie constitutionnelle. On le trouve chez Delaunay, galeries du Palais-Royal, et chez les princi-paux Libraires..

POST-SCRIPTUM.

Depuis trois mois , M. de Châteaubriand ne cesse de provoquer, dans le pamphlet qu'il appelle *Conservateur*, le rapport de la loi du recrutement et de la loi sur les élections, les deux seules lois vraiment nationales que les *ultra-royalistes* n'aient pu empêcher le ministère de 1816 d'accorder à la France !

M. de Châteaubriand s'est proclamé avec emphase le chef des hommes *monarchiques-immobiles* ! Faire

---

(1) Essai historique, politique et moral sur les révolutions , 2 volumes, imprimés à Londres, à Hambourg et à Paris , 1797. Ouvrage introuvable depuis que M. de Châteaubriand a dépensé trente mille francs pour le retirer de la circulation ; l'exemplaire qui nous a été communiqué a coûté 500 fr. à un amateur.

connaître l'homme qui prétend exercer une telle ju-
ridiction politique, l'écrivain qui professe les doc-
trines les plus anti-constitutionnelles et les plus sub-
versives de la Charte, le *royaliste* qui dénigre le Gouvernement du Roi dans des pages qui rappellent les
temps du père *Duchesne*, c'est donc rendre service à
la chose publique; c'est donner un témoignage de
sa fidélité et de son amour pour le Roi, et c'est ex-
primer en même temps tous les vœux et toutes les
craintes publiques.

Car, les bons Français, les véritables amis du Roi
ont vu, avec la plus profonde douleur, les maximes
révolutionnaires de M. de Châteaubriand érigées en
proposition de loi par la Chambre des pairs.

Dans la séance du 20 de ce mois, M. le marquis
Barthélemi a fait la proposition *que le Roi fût sup-
plié de proposer, sur la loi des élections et sur l'organi-
sation des colléges électoraux, les modifications dont elle
peut paraître susceptible.* En d'autres termes, c'est proposer d'annuller la Charte, et de revenir *au bon temps*
et aux hommes *monarchiques* de 1815.

Le marquis Barthélemi n'a certainement pas senti
combien sa proposition tendait à déconsidérer la
chambre des pairs aux yeux de la nation française;
car, si cette Chambre n'est pas, et ne doit pas être
nationale comme celle des députés, elle ne doit pas
être pour cela *anti-nationale;* elle serait alors anti-
royale, puisqu'elle compromettrait les prérogatives
du trône qu'elle est spécialement appelée à défendre.

Nous ne ferons aucune réflexion sur l'inconce-
vable proposition hasardée par M. Barthélemi; nous

aimons même à penser qu'il n'en a pas senti les dangers et l'inconvenance. Dans sa feuille du 22, le *Journal général* de France a présenté, à cet égard, des observations aussi justes que profondes ; et lorsque S. Ex. le ministre de l'intérieur a prononcé ces paroles , *je considère cette proposition comme la plus funeste qui pût jamais sortir de la Chambre des pairs*, toute la France a parlé par l'organe de M. *le comte De Cazes*.

Tout le monde , en effet, est effrayé des intentions hautement avouées, aujourd'hui, par les *ultra-royalistes*, de renverser la Charte, et de détruire les libéralités nationales consacrées par un monarque qui veut l'exécution d'une Charte, qu'il regarde comme son plus beau titre de gloire.

Ce sont les deux lois de recrutement et des élections; c'est la conduite ferme du ministère de 1816; c'est l'exécution des mesures prescrites par Louis XVIII, et poursuivies par les ministres, qui ont sauvé la France, qui ont opéré la délivrance de son territoire ; qui ont rendu à tous les français la tranquillité intérieure, et l'espoir d'un avenir plus heureux : et ce sont les bienfaits que les hommes, se disant *monarchiques-immobiles*, veulent nous ravir ; et ces hommes osent dire qu'ils aiment, qu'ils servent , qu'ils défendent le Roi ! ! !

Nous exprimons franchement notre opinion sur la proposition du marquis Barthélemi, parce que l'examen et la critique d'une proposition législative sont permis, tant qu'elle n'est pas devenue loi : M. le vicomte Mathieu de Montmorency (l'un des plus serveus apôtres de *l'égalité* et de *la liberté* dans la la fameuse nuit du 4 août 1789) a beau *défendre* une telle proposition, espérons qu'elle sera rejetée par la Chambre des députés; s'il en était autrement, il ne resterait plus qu'à gémir, à pleurer sur les désastres qu'elle enfanterait et pour le trône et pour le peuple.

Les amis du Roi et de l'ordre constitutionnel doivent, aujourd'hui, réunir tous leurs efforts pour éclairer leurs concitoyens sur les malheurs incalculables dont les *ultrà-royalistes* menacent le trône et les libertés nationales : c'est dans le sentiment d'une profonde fidélité à l'un et à l'autre, que nous faisons connaître le degré de confiance que méritent les déclamations des hommes *monarchiques - immobiles*, et que nous publions les maximes émises par celui qui s'est proclamé leur organe et leur défenseur en chef.

De l'Imprimerie de RENAUDIÈRE, Marché-Neuf, n°. 48, près le Palais de Justice.